De

Para

KAY THOMPSON

ELOISE
EN
NAVIDAD

DIBUJOS DE
HILARY KNIGHT

Lumen

Título original: Eloise at Christmastime

Traducción: Ana María Moix

Publicado por Editorial Lumen, S.A.

Ramon Miquel i Planas, 10

08034, Barcelona

Primera edición: 2001

Publicado por acuerdo con Simon & Shuster Books for Young Readers,

una publicación de Simon & Schuster Children's Publishing Division.

Impreso en Lito-Offset Ventura, S.L.,

C/Lisboa 13, 08210-Barberà del Vallès

ISBN: 84-264-3748-6

Depósito Legal: 31.935-2001

Printed in Spain

Había una vez una niña
¿verdad que mi nombre os suena?
Sí claro soy ELOISE
Y ah caramba es Nochebuena

Esta noche es Nochebuena

Fuera nieva y ruge el viento

Y marcan los termómetros cuatro

grados bajo cero

Mas dentro del Hotel Plaza
estamos bien calentitos
en nuestras habitaciones
del ultimísimo piso

¡Oooooooooooooh!

Fittipaldi mi tortuga

Esmirruchi mi perrito

Nanny mi mejor amiga

ante un buen fuego encendido

estamos muy calentitos

Con caras absolutamente radiantes

Echo a correr ding dang dong
y entonces Nanny me dice
«Cuidadito con el árbol
y mejor que no te acerques
para nada al armario
donde guardo los juguetes»

Nanny sigue hablando y dice
«Oh, fíjate bien, cariño
vas a estar distraída
y de los más divertida
Esta noche es Nochebuena
y mañana es Navidad
Navidad
Navidad
Y de cosas por hacer
queda una barbaridad»

Yo estoy absolutamente de acuerdo

Me pongo mis campanillas
de Navidad
Corro acampanillada
ding dang dong
Con mi corona de Adviento
que es un portento
ding dang dong

Es absolutamente preciosa

Nanny prepara regalos
y yo digo muy risueña
«Debo bajar al vestíbulo
alegría navideña»

Y Nanny dice
«Pues claro
pues claro
pues claro
claro que tienes que hacerlo cariño»
Y vuelo con mis campanillas
Ding dang dong al ascensor

Los ascensores van llenos
a rebosar
porque, claro, es fiesta ya
Dios os bendiga, caballeros,
y lo podáis celebrar

Está absolutamente atestado

Fa la la la fa la la, tilín tin tin aquí y allá. Música en vasos chin chin. En todas partes ya es Navidad

Y ah caramba cómo está el vestíbulo
imposible ni acercarse
con todísima esa gente
dando vueltas sin cansarse
de alegría rebosantes

Yo llevo una estrella
por si aparece un paquete
que no sabe adónde va

Fa la la la fa la la, tilín tin tin aquí y allá. Música en vasos chin chin. En todas partes ya es Navidad

PLAZA QUINTA AVENIDA

ARRIBA
ABAJO

ASCENSOR
CLIENTES

ABAJO
ARRIBA

ARRIBA
ABAJO

ABAJO
ARRIBA

ASC

SERVICIO

ASCENSO
CLIENTE

HOTEL PLAZA
PLANO PLANTA

CÓDIGO

= ELOISE

= INICIO

= FINAL

············· = ELOISE CORRIENDO

– – – – – – – = ELOISE BRINCANDO

————————— = ELOISE DERRAPANDO

〰〰〰〰〰 = ELOISE ZIGZAGUEANDO

～～～～～ = ELOISE DESLIZÁNDOSE

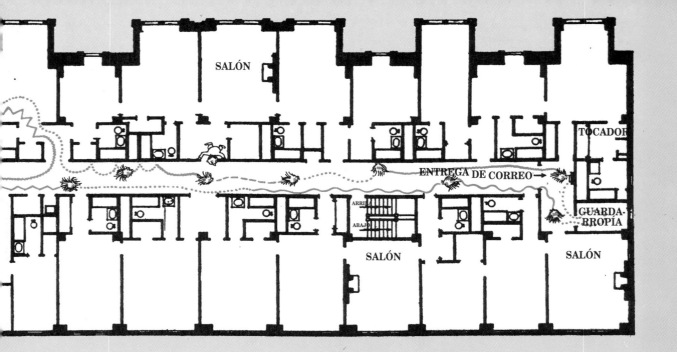

Y entonces plis plas a correr ding dang

a colgar acebo en mil salones

a colocar borlas en mil radiadores

y escribir mil veces Feliz Navidad

Voy a todas las fiestas en las que puedo colarme

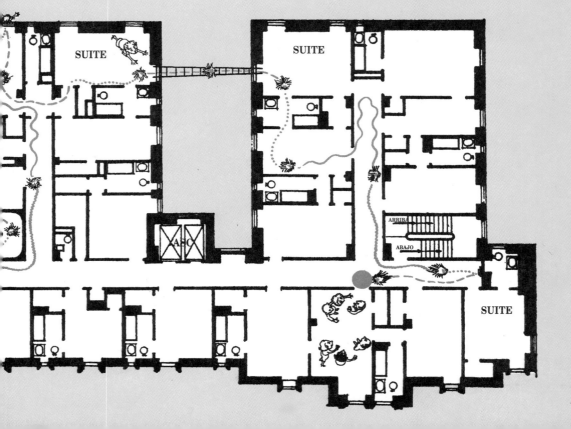

Están de lo más festivo

Estoy tan nerviosa ding dong

que empiezo a gritar:

«¡Socorro mi Nanny

que soy ELOISE y tengo que entrar!»

Entonces va Nanny y dice
«Pon los bastones de menta
allí encima
con las frutitas y las galletitas
y tienes que
tienes que
tienes que
poner tu mayor empeño
en quehaceres navideños»

¿Pero
quién quién quién
hay en este mundo
que pueda enviar rosas tan rojas?

Fa la la dulce Navidad, ding, dong. Esta noche es Nochebuena y mañana Navidad. El tiempo más entusiasmante de todo el año año año

¡Oh, manzanas acarameladas!
¡Oh, nueces peladas y garrapiñadas!
Cric crac crac, ¡qué buenas están!
Picotea y prueba estas golosinas
¡qué ricas están las chocolatinas!

Esmirruchi me ayuda siempre
pero este año no quiere trabajar
si no le regalo dos dulces de crema
y de caramelos al menos un par

Yo suelo comer tres dulces de crema
y seis o siete caramelos de menta

A Fittipaldi no le gustan los dulces
ni los caramelos ni los pastelillos

Tengo un buen montón de cosas
que adornar
porque hoy es Nochebuena
y mañana Navidad
adornos brillantes y tintineantes
de cristal en todas partes

Ding dang dong, ding dang dong, por todas partes ya es Navidad

Colgamos todas las cosas

en nuestro árbol navideño

Adornos grandes y centelleantes

con lazos muy brillantes

estrellas de plata y bolas blancas

En lo más alto cuelgo una estrella

con angelitos alrededor

He aquí cuántas luces tenemos:

treinta y siete y dieciséis

Orejeras regalo a los botones
a los camareros calcetines de percal
a Thomas un chaleco de colores
y al servicio de habitaciones
una hermosa caja musical

Y a Vincent el peluquero
este cepillo especial
encontrado entre desechos
¡pero es fenomenal!

Envuelto en papel dorado
y un lazo de bisutería
con urgencia lo he enviado
cual rayo a la peluquería

Unos guantes de lana y dulces de Japón
mi regalo para el señor Harris será
¿Queréis saber la razón?
¡Al cuidado del comedor está!

Al portero de la esquina
un botellón de licor
para alegrarle la fiesta
y hacerle entrar en calor

Al caballo del coche
que aguarda siempre en la calle
una manta que lo tape
y lo abrigue día y noche

Envié una felicitación de Navidad
a los simpáticos patos de Central Park
Fittipaldi una mosca creyó cazar
pero era una chispa que vio brillar

Llegó el correo especial
cuando daban ya las diez
De mi madre el abogado
me enviaba un buen regalo

Tengo un regalo para Nanny para Nanny
para Nanny
Pero no le diré nada
Ni mu decirle pienso
Es un dedal de plata lleno de mirra e incienso

Para Esmirruchi un hueso de buey
Para Fittipaldi elixir de gran rey
Al ayuda de cámara una colmena
hecha de imperdibles y seda

Y ya envueltos mis regalos
y en el árbol colocados
adorno otro pequeñito
para mi tortuga y mi perrito

Ah caramba qué trabajo
Me da vueltas la cabeza
Descansaré un buen rato ¡he hecho una gran proeza!

Y quien se acuerde primero
tirantes para el portero

Coge una media o un calcetín
¿es fácil verdad?
Si tiene o no agujero
lo mismo da
Mete un regalo dentro
dentro dentro
¿que no cabrá?
Empuja
un poquitín

𝄞 Es Nochebuena fa la la la corre hay mucho que hacer, cariño. Recoge los regalos la la la corre corre ya es Navidad

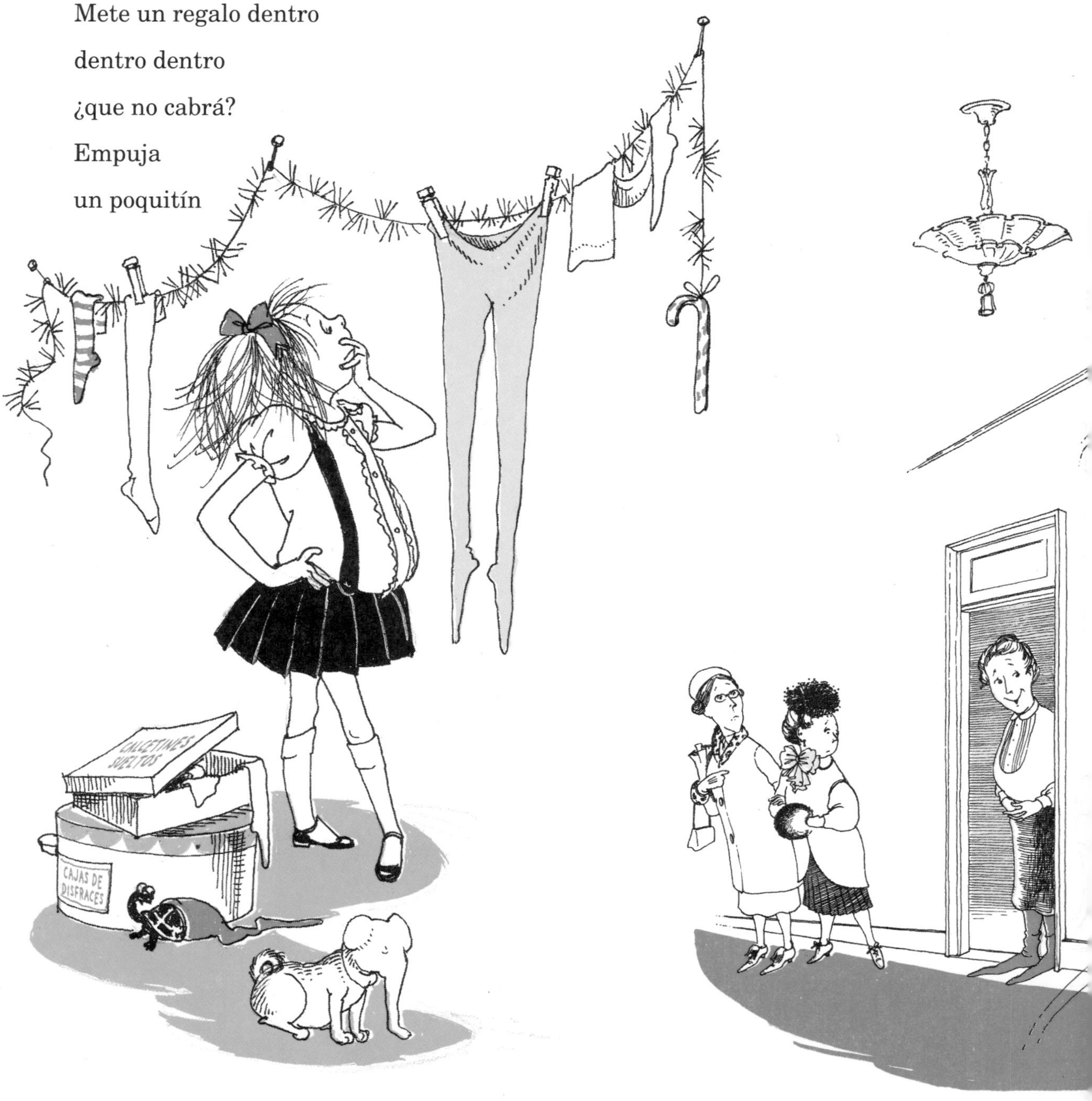

Y es absolutamente necesario
que metas los regalos dentro

Fa la la la fa la la la tilín tin tin aquí y allá. Música de vasos chin chin. En todas partes ya es Navidad

Todos al suelo tumbados
la estrella en lo alto veo
el abeto bien husmeo
por si entre pinaza y bolas
doy con todos mis regalos

Pues sólo tengo seis años
y no puedo yo decir
si un regalo merezco
por Navidad recibir

Si nadie ha pensado en mí
y ningún regalo encuentro
es que no lo merecí
Pero no me importará
ah caramba qué más da

Fa la la la fa la la la tengo alas de ángel tilín tin tin. Música de vasos chin chin. En todas partes ya es Navidad

Una vela en la ventana
pongo siempre en Navidad
para que guíe los pasos
de quien ande en soledad

𝄞 Fa la la la fa vela la tengo alas de ángel tilín tin tin. Música de vasos chin chin. En todas partes ya es Navidad

Elijo mi villancico
ding dang dong
Nanny elije uno distinto:
Es «Los Tres Reyes de Oriente»
¡Ay que voz tan estridente!

Y cuando juntos cantamos
«Noche de paz
noche de amor»
Emily y Esmirruchi
seguidos de Fittipaldi
gritan todos
¡Amor amor amor!

Y felices exclamamos ¡bravo!

Ding dang dong y al revés hay que empezar dong dang ding. Música de vasos chin chin. En todas partes ya es Navidad

Me encantan los villancicos

la la la

Los canto en todos los pisos

la la lo

en el comedor

la la la

de puerta en puerta

la la lo

Ding dang dong y al revés volvemos a empezar dong dang ding. Música de vasos chin chin. En todas partes ya es Navidad

Para la 506 cantamos «Navidad dulce Navidad»

«Noche de Paz» para la 507

Para la 509 no cantamos nada

a petición de la 511

Pero ding dang dong
no nos rendimos, ¡ni hablar!
Hacia la salida nos fuimos
y cantamos unos trinos

 La la la la la lo. La la lo la la la

Para Lily

la camarera de noche

Fittipaldi perdió un diente
cantando «A Belén Pastores»
Pero ah caramba lo encontré
en una planta sin flores
¡Estaba resplandeciente!

Mamá llamó por teléfono
desde absolutamente lejos
Por el Mediterráneo andaba
creo
Hablamos más de una hora
¡cuánto!
como la Navidad pasada

Estaba muy bronceada
Me envió una gran pamela
para que me acuerde de ella
y una flor para la oreja

Creo que estoy muy bella

Emily estuvo indispuesta
he de decir la verdad
Nanny dijo «uy uy uy
Es una indigestión
indigestión
indigestión
propia de la Navidad»

Parecía tener fiebre
y tenía mala cara
Una cesta navideña
le puse, de noche, fuera
Pensé: «ojalá mejorara»

Suelo corretear por ahí buscando la manera de quedarme despierta hasta las tantas

Fa la la la la fa la la la aquí y allá. Música de vasos chin chin. En todas partes ya es Navidad

Nanny entonces bostezó
y muy alegre preguntó:
«¿Que hacemos aquí las dos
despiertas despiertas despiertas
estando absolutamente
cansadas cansadas cansadas?»

«A la cama rica rica
como una buena chica
y nada de lagrimitas
¡son muy antipáticas!
A dormir dormir dormir
para mañana seguir»

En Navidad siempre dejo unas medias con dos piernas por si acaso

Por fin caemos rendidos

Entonces cierras los ojos y sueñas
la Navidad

pasteles y dulces, nata y caramelo,

todo a rebosar

Y con renos alocados
deslizándose entre las estrellas
con los cuernos enguantados
y bufandas en Marte hechas

PARA
ELOISE

Y Santa Claus dijo entre risas: «¡Al Plaza, al Plaza, aprisa, aprisa!

Porque con Nanny hay que brindar y a Eloise regalos dar»

Creo que tenía un aspecto absolutamente magnífico

Cuando nos despertamos

acababa de marcharse

Y aunque todavía era de noche

y estaba un poco oscuro

aún vimos a los renos deslizándose

por entre los árboles de Central Park

incluso pudimos ver la estela luminosa

del trineo de Santa Claus

Y Emily tuvo un hijito

justo el día de Navidad

Le dio por nombre Rafael

no en vano nació en el Hotel

«Behhhndita seas, Emily»,
dijo Nanny bostezando
«¿Que hora hora hora será?»
Dije: «La de Navidad
La hora de ir pitando
a ver que gratas sorpresas
junto al árbol nos esperan»
«Sí» dijo Nanny con un bostezo
«Exacto exacto exacto esto
sígueme y canta la le le lo»

Y eso hicimos

y riendo y bailando descalzas, hasta el árbol corrimos, ¡ah caramba!

¡Oh oh oh y otra vez oh!

¡Que alegría y alborozo!

¡Oh mira mira y mira oh!

¡Cuántos regalos! ¡Qué gozo!

¡Qué navideña emoción!

¡Cómo late el corazón!

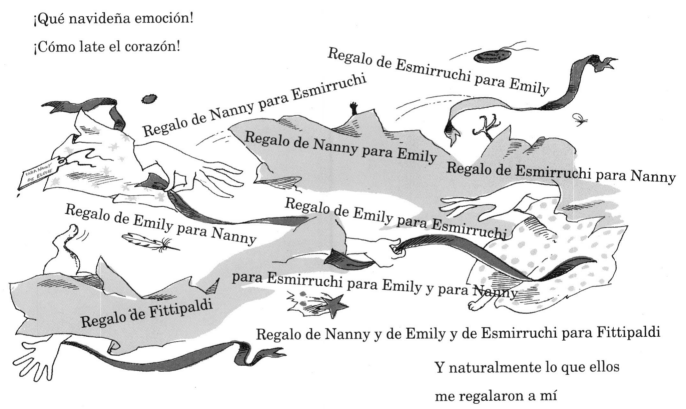

Regalo de Nanny para Esmirruchi

Regalo de Esmirruchi para Emily

Regalo de Nanny para Emily

Regalo de Esmirruchi para Nanny

Regalo de Emily para Esmirruchi

Regalo de Emily para Nanny

para Esmirruchi para Emily y para Nanny

Regalo de Fittipaldi

Regalo de Nanny y de Emily y de Esmirruchi para Fittipaldi

Y naturalmente lo que ellos

me regalaron a mí

Oh oh gritábamos todos

desenvolviendo encantados

la multitud de paquetes

con estupendos regalos

Como siempre suele hacer
mi Esmirruchi escarbaba
junto al árbol adornado
Y bajo la luz que brillaba
¡un regalo empaquetado
que mío había de ser!

Y este angelito que soy
con la cabeza nevada
dijo: «¡Qué intrigada estoy!»

Dijo Nanny: «Sí, de verdad
mi regalo es para ti
señorita Navidad
señorita Navidad
señorita Navidad»
«¡Nanny, qué simpática!
¿Qué es?» pregunté sin más
Y ella dijo:
«Ábrelo, así lo sabrás»

Y allí ante mis ojos brillando apareció
un collar de campanillas
con diamantes de mentirijillas
«¡Ah caramba!» dije yo
«Nanny te quiero hasta el cielo
quererte más
ya no puedo»

Como todo el mundo sabe en
todo el mundo Nanny es
la mejor amiga del mundo

Llamo por teléfono:
«¿Servicio de habitaciones?
Cuatro desayunos de Navidad
en bandejas de Navidad
para cuatro adorables criaturas

»Si os apetece probar
bizcochos de chocolate
sólo tenéis que encargarlos
Que ya el cocinero hornee
unos cuantos de inmediato
y que a Eloise en el acto
carguen la cuenta pagar»

Están absolutamente deliciosos

¡La Navidad ha llegado!
Venid mis amigos
subid al último piso
para celebrar
CONMIGO ELOISE
la Navidad

Navidad

Navidad

Navidad

Dulce Navidad

Navidad

Navidad

Navidad

aquí y allá

Ding dong

Ding dong

Ding dong

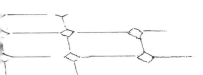

¡Oooooooooooh! Adoro absolutamente la Navidad